KB070984

사랑 1그램

홍관희

시인의 말

남평 드들강은 풍경이 수심永深보다 깊다.

보이는 것은 물론이고
보이지 않는 것들이 보이기도 한다.

징검다리로 강을 건너거나
강변길을 따라 걷는 사람
돌아오거나 돌아오지 않는 사람이
드들강에서 바라본 각각의 세계는
같지만 같을 수 없다.

같지만 같을 수 없는
각각의 세계에서 개안開眼할 때
시는 비로소
엷은 미소를 지을 수 있을 것이다.

2022년 여름

홍관희

사랑 1그램

차례

1부

새는 죽어 좌우 날개를 버리고
창공을 남긴다

사는 법

살다가
사는 일이 쉽지 않다는 생각이 들어
길을 멈춰 선 채

달리 사는 법이 있을까 하여
다른 길 위에 마음을 디뎌 보노라면

그 길을 가던 사람들도 더러는
길을 멈춰 선 채
주름 깊은 세월을 어루만지며

내가 지나온 길 위에
마음을 디뎌 보기도 하더라

새

새는
자신의 흔적을 지우며 난다
흔적을 지워
가벼운 날개를 유지한다

사람은 머리로 새를 꿈꾸지만
새는 사람을 꿈꾸지 않고
자신의 날개로 자유를 꿈꾼다

창공을 나는 새를 쳐다보며
사람은 새를 노래하고
자신과 새와의 거리를 재지만
새는 제 삶의 무게를
날개에 실어 나를 뿐이다

사람은 창공의 자유를 꿈꾸며
지상의 자유에서 밀어지고
새는 창공의 자유만을 꿈꾸며

창공에서 날개의 자유를 얻는다

사람은 죽어 몸을 버리고
이름을 남기지만
새는 죽어 좌우 날개를 버리고
창공을 남긴다

모든 날개를 잃은 새

아침 햇살이 불러 가게 문을 열었는데
1층 테라스 바닥에 새 한 마리가
머리에 피를 흘린 채 죽어 있었다

투명한 유리창에 머리가 부딪치는 찰나
유언을 준비할 겨를도 없이
수천수만 리 창공을 날아온 일생의 모든 날개가
새를 떠나갔을 것이다

새가 창공을 날아다닐 때
날갯짓에 튕겨 대기 중으로 굴러다니던
수많은 햇살들이 몰려와
조문을 하였다

살아생전 날아다니면서 사방팔방에 마음을 걸어 놓
았었는지
새가 다니던 길도 사라지고
새의 발자국도 사라지고

새의 모든 흔적도 사라지고 없는 창공에서는
새들의 울음소리가 낭자하였다

날개가 전부였던 새는
창공에 날개 하나 남기지 않고
고스란히 비워 두었다

새는 모든 날개를 잃었음에도
창공만은 잃지 않았다

찌그러진 동전

찌그러진 동전으로는 공중전화를 걸 수 없지만
찌그러진 동전으로도 전화 요금을 낼 수가 있다
찌그러진 동전은 볼품이 없고 외롭기는 하지만
찌그러진 동전은 어디에서나
어김없는 10원짜리 동전이어서
언제나 에누리 없는 10원만큼의 일을 하고
죽을 때까지 10원만큼의 신용을 잃지 않는다
찌그러진 동전은 물건을 살 때에도 가장 먼저 쓰이고
찌그러진 동전은 거스름돈으로도 가장 먼저 쓰이며
누구에게나 소중히 여겨지지 않고 내쫓겨 다니지만
찌그러진 동전은
신기료장수 할아범의 해진 주머니 속에서도
배추 장수 아주머니나 예술쟁이 주머니 속에서도
높은 벼슬아치와 배부른 자들의 주머니 속에서도
성한 10원짜리 동전들과 더불어 10원으로 살아 있고
어디에서나 공평하게 10원의 가치로 해방된다
찌그러진 동전은 성했을 때에도 10원짜리 돈이었고
찌그러진 동전은 찌그러져서도 어김없이 10원짜리

돈이다

이삭

어머니 말씀에
가난한 이들은 이삭을 주워 목숨을 붙였다 했다
아버지 말씀에
 의식 있는 부자는 가을걷이 때 일부러 이삭을 남겼다
했다

......

부자는 자신의 여유를 가볍게 남겼을 뿐인데
가난한 이들은 목숨을 주웠고

......

언어의 이삭을 만지며 나는 꿈꾼다
허리 굽혀 이삭을 줍는 겸손을 배우고
다른 사람들보다 더 많이 가진 것이 내게 있다면
햇살이 담긴 이삭을 남기는 부자가 될 수 있기를

작은 꽃

사람들 눈 밖에서 웅크리고 앉아 있는
이름도 향기도 알 수 없는
작은 꽃 한 송이

보이지 않다가
눈 밖이라 보이지 않다가

어제도
어제의 어제도
눈 밖 세상이라 보이지 않다가

세월의 무게를 한 걸음 두 걸음 덜어내다 보니

내 밖으로 떠돌던 내가 나를 찾아오고
눈 밖에서 떠돌던 작은 꽃도
비로소 내 눈에 들어오기 시작한다

작은 만큼

더욱 가까이 다가가 쪼그려 앉게 한다

작아서
더 가까이 다가가
나를 만나게 한다

마지막 이사*

한 사람이 죽는다는 것은
그 사람에게로 난 일생 동안의 길들이
어느 순간 한꺼번에 몸 밖으로 나가
영원으로 닿는 길 하나를 내는 것이다

어느 순간
한 사람의 일생이 우루루 한꺼번에 몰려왔다
한꺼번에 떠나갔다

한 사람이 죽는다는 것은
그 사람에게로 난 시간의 문이 모두 닫히고
남아 있는 사람들에게
수시로 열리는 기억의 자동문 하나 달아 주는 것이
다

살아 있다는 건 여행이 계속된다는 말이고
여행이 끝났다는 건
주민등록을 옮길 필요 없이 자유롭고 평화로운

그 어느 곳으로
마지막 이사를 하였다는 말일 것이다

한 사람이 죽는다는 것은
잘 살아야 할 이유를 알아차리게 해 주는 것이다
밤하늘에 처음으로 보이기 시작한 작은 별 하나
그 별이 뜨는 이유를 알아차리게 해 주는 것이다

* 이 작품은 1925년 8월 8일 이 세상에 오셨다가 2019년 4월 11일 마지막 이사를 하신 울 엄니 강숙열 님이 나에게 남기신 유산이다. 가난에 짓눌려 나의 뒷바라지를 많이 해 주지 못한 것에 대해 늘 미안한 눈빛을 보이셨던 울 엄니는 하늘나라에 가신 뒤 나에게 이 작품을 건네주시면서 마침내 그 해묵은 짐을 내려놓으신 것이다. 나에게는 과분한 유산일 따름이다.

22

그림자

앞서가는 그림자를 따라가다 보면
길이 나 있었다
아부지의 생이었다

아부지는 일생 동안
길을 만들어
그림자 속에 숨겨 두셨다

내가 앞서가는 그림자 위를 지나자
그 그림자는 지워지고
내 뒤로 새로운 그림자가 깔렸다
앞서가는 그림자를 닮은
나의 생이었다

지워진 줄 알았던 그 그림자는
지워진 게 아니고 포개진 것이었다

나이

누가 입법을 했는지는 몰라도
인생에는 안타깝게도 자신의 의지와 상관없이
사용시간 총량제와 사용시간 자동납부제가 작동되
고 있는 것 같다

사용한 만큼
자동으로 계좌에서 돈이 빠져나가는
통신요금이나 각종 공과금처럼
사용한 만큼 인생 계좌에서
시간이 빠져나가고 있는 것 같다는 것이다

시간이 빠져나간 만큼 고픈 계좌를 채우기 위해
나이를 먹는 것인지는 몰라도
나이를 습관적으로 먹다 보면
시간이 자동으로 줄줄줄 빠져나가는
도랑 같은 주름살이 생기기도 한다

처음부터 내가 벌어서 계좌를 채워 놓은 게 아니므

로
　　빠져나가는 시간을 억울해할 일은 아닌 것 같다

　　나이가 들어 간다는 말은
　　인생 계좌의 잔고가 많이 남아 있지 않다는 다른 말
이다

　　허리가 휠 정도의 등짐도
　　잔고의 무게에 비례해 가벼워질 수 있으니
　　나이가 드는 게 서글픈 일만은 아닐지도 모른다

　　가끔 해킹을 당하는 일도 있다고 하니
　　해킹 당해 인생 왕창 털리는 일 없도록
　　인생 비밀번호는 절대로 비밀로 하고

　　인생 계좌의 잔고가 텅텅 비어 버리기 전에
　　해야 할 일이 있다면 지금 나서 보는 게
　　어떨까 싶다

할머니의 긴 그림자

신호등 불빛이 바뀌자
할머니 조심조심 길을 걸어오십니다

그림자 위에 누가 타고 있는 건지
그림자가 너무 길어서인지
할머니의 발걸음이 조심스럽고 무겁게 느껴집니다

유난히 긴 그림자가
할머니 뒤를 잡고 따릅니다
할머니 살아오신 세월만큼이나 기다랗습니다

할머니의 그림자가 이렇게 길어진 건
아버지와 고모 삼촌에게 드리운 어두운 그늘들을
할머니께서 모두 거두어
홀로 끌고 다니시는 이유인지도 모르겠습니다

할머니 뒤를 잡고 따라오는 기다란 그림자 속으로
아버지도 고모도 삼촌들도

함께 오고 계십니다

할머니 기다란 그림자 속에는
내 모습도 보입니다

성탄절에

지상에서 가장 낮은 곳으로
그분이 오고 계십니다

세상의 모든 꽃들이 일어나
그분을 맞으러
눈길을 걷고 있습니다

마르지 않는 남루한 눈물들도
그 뒤를 따라갑니다

세상의 선한 것들은
너 나 할 것 없이
그분을 향하고 있습니다

그대도 그분을 향해 가고 있군요
조금씩 더디게 오는 나의 사랑도
어느덧
그 뒤를 따르고 있습니다

나무 한 그루 1

1

한 그루의 나무인 줄 알았는데

살다가
한 그루가 아니란 걸 알게 되었네
내 삶의 뜨락에
햇살 품은 나무들 여럿 함께 있었네

지나온 모든 시간이 모여
오늘 새로운 하루를 열듯
그냥 지나가는 시간은 없는 거라며
세월만 한 이야기가 들어와 앉은 나이테

그곳에도 크고 작은 발자국들 함께 있었네

2

누군가의 나무가 되기도 하고
가슴속에 나무 몇 그루 가꾸며 살아간다

사람들은

휘장처럼 무지개를 두른 채
나무숲에서 휘파람을 불다
파랑새가 되어 날 수 있기를 꿈꾸기도 한다
사람들은

너를 그리는 시간 속에서는 모두가 한 떨림

한 그루의 나무인 줄 알았는데
여러 그루이고

여러 그루의 나무인 줄 알았는데
너를 찾아 떠나는 숲길이었네 그것은

나무 한 그루 2

가슴 한편에서 초록초록 자라고 있는
나무 한 그루

숨통이다

너에게로 가서
마음을 기대노라면

세월의 이파리마다 돋아나는 음계
위에
그리운 이름들이 새 떼로 날아와 앉는다

제주 바다에서
—수평선은 저항선이기도 지지선이기도 하였다

바다와 하늘은 각자의 영역을 지키기 위해
경계선을 긋고
수평선이라고 불렀다

일출과 일몰 때면 수평선은
화약고가 폭발한 듯
불바다가 되곤 하였다

에너지의 원천인
태양을 차지하기 위해
치열한 에너지 전쟁이 벌어지기 때문이었다

벌겋게 달아오른 칼날 같은 수평선은
바다와 하늘에게
저항선이기도 지지선이기도 하였다

설어가 내리는 마을

저리도 고운 설어雪語들이
지상의 낮은 사람들의 가슴으로 내려와
포근히 녹아드는 걸 보면

시대의 나침반을 십자가처럼 짊어지고 살아온
아름다운 시인들의 시를 찾아 읽던 하느님이
마음에 드는 시어詩語들을 골라

지상의 낮은 사람들 가슴에
가서 닿으라고
송이송이 뿌려 주시는 게 아닌가
싶으다

저리도 고운 설어雪語들이
지상의 낮은 사람들의 가슴으로 내려와
포근히 녹아드는 걸 보면

사람과 사람 사이

사람과 사람 사이
마음의 거리

사람과 사람 사이
강이 흐른다

그대와 나 사이
흐르는 강물 위로
그리운 꽃 한 송이 피어나

그대와 나 사이
꽃향기로 묶는다

사람과 사람 사이
마음이 채운다

청산도에 두고 온 쉼표

오래 다니던 직장을 그만두고
본래의 내가 하도 그리워
바람에 실려
슬로시티라는 청산도를 구름 저어 다녀온 적이 있다

들도 바다도 꽃들도 만나는 것들은 모두
자신을 낮아질 수 있는 데까지 내리우며
내가 길이 아님에도
흔쾌히 나를 통과해 주었다

슬로 슬로 걷는 내내
나의 삶처럼 구부러진 시간들이 모여들어
발자국에 발자국을 포개며
단단한 길 하나를 내고 있었다

싸목싸목 청산도를 돌아 나오는 동안
등짝을 내리누르던 세월의 무게는 녹아내려
민들레 갓털보다 가벼야운 영혼

비로소 내가 나를 놓아줄 수 있었다

내가 나를 놓아주자
내가 길이 아님에도 기꺼이 나를 통과해 주던 것들이
발걸음마다 쉼표로 따라붙었다

발걸음마다 따라붙던
쉼표 몇 개
뒤에 올 사람들을 위해
남겨 두었다

나이테가 몇 겹은 더 늘어난 지금
쉼표도 나만큼 더 익었는지

그 쉼표 만나러
나를 데리고 한번 가 봐야 쓰겠다

닿고 싶다

네게로 가서 너에게 닿고 싶다
네 마음이 오는 한 길을 따라
아쉬운 내 인생이 줄지어 간다
너를 그리는 시간의 깊이만큼
네게로 가는 산 너머 노을이 깊다
우리는 서로를 소유하지는 않지만
우리는 서로에게 가서 닿을 수 있다

2부

저 달을 집으로 데리고 가 주세요

별

눈빛을 마주쳐 주던 작은 별 하나
보이지 않고
허공이 그 흔적을 지우고 있다

별은 반짝이다가 사라지는 게 아니라
그 별을 불러 준 사람의 가슴속으로
자리를 옮겨 앉는 것이다

저 달을 집으로 데리고 가 주세요
—아들을 기억하는 한 가지 방법

곡선으로 말하는 강이 좋아 강을 즐겨 찾던 나는
주말이면 강물처럼 서정적인 가족과 함께
섬진강이 그어 준 길을 따라 드라이브를 즐기며
곡선으로 말하는 강의 물기 어린 이야기를 듣기도 하
였다

벚꽃잎 난분분 난분분 은혜처럼 내리는 강변도로
구불구불 달리는 차 안에서
열 개쯤의 나이테를 두른 초록초록한 소년이
차창의 경계 너머에서 보내오는 달빛 신호에 반응하
고 있었다

—하늘을 걷고 있는 저 달이 우리를 계속 따라오는
데
길을 잃었나 봐요
저 달을 집으로 데리고 가 주세요

그 말을 엿들었는지 나보다 먼저

섬진강이 서둘러 달의 손을 잡아 주었다

그날따라 유난히 슬프도록 동그랗던 그 달도
길 잃은 달의 손을 서둘러 잡아 주었던 착한 섬진강
도
이십여 년이 지나도록 우리 가족과 함께 살고 있다

이십여 년이란 세월이 지나도록 소년은
그날의 그 둥근 달과 섬진강을 날마다
집으로 데리고 오고 있는 것이다

광주송정역
―백신 접종, 딸아이를 기억하는 한 가지 방법

가족 카톡 단톡방에는
백신 접종이 주연급으로 급부상하였다

오늘은 서울에서 혼자 살고 있는 아들이
내일은 함께 살고 있는 딸아이가
코로나19 백신 2차 접종을 하는 날이다

어미 마음이 이런 거란다, 라고 말하지는 않았어도
엄니 마음이 저런 거구나, 라는 생각이 들게끔
아들의 수호천사를 자청한 그녀가
서울행 열차를 타러 가는 길을
배웅차 딸아이랑 동행하였다

기다림과 이별이 회전문처럼 반복되고 있는
대합실을 지나 도착한 광주송정역 플랫폼에는
달력은 가을이 분명한데
한기에 포박당한 겨울니 무치럼 움츠린 사람들

44

지렁이처럼 느려 터지게 기어온 열차가
출발은 날래게 해 버린 통에
그녀의 트렁크를 운반해 주려고 올라간 나는
서울행 열차에 갇힌 신세가 되고 말았다

아들의 기다림 속으로 그녀를 홀로 보내고
정읍역 플랫폼에서 열차를 기다리며 체온이 너덜너
덜해진 나는
광주송정역행 열차에 동태 같은 몸을 옮겨 실었다

가을이라 가을옷을 입었는데
내가 이렇게 떨어야 할 일인가 싶기도 했다

살아서 돌아온 나를 방긋 맞아 주는 딸아이가
물이 끓는 주전자를 데우고 있는 난로처럼 보이는
광주송정역 대합실

귀가를 재촉하며 주차장을 향해 걷는 길에

파르르 떨고 있는 입술을 보았는지 딸아이가
입고 있던 겉옷을 벗어 내 등어깨를 감싸 주었다

가족이라고는 하지만 지는 어쩌려고
추위에 떠는 누군가에게 선뜻 겉옷을 벗어
사람의 온기를 나눠 줄 줄 아는 딸아이

그녀는 아들의 수호천사가 되러 가고
딸아이는 나의 수호천사가 되어 있는
오늘처럼 천사가 바빠지는 날

좀 더 자유로운 내일을 꿈꾸며
코로나 백신을 맞는 우리 가족도
이만하면
그 어떤 두려움도 이겨낼 수 있는
서로를 지켜 주는 튼튼한 백신이 되어 있는 것이리라

가족만 한 백신은 없을 것 같은

사랑 1그램
―그녀를 사랑하는 방법 1

그녀와 함께 사는 동안 그녀에게서
사랑 1그램을 건네받았습니다

일생 동안 근육을 키워 온 마음으로도
다 받아 들기에는 너무나 크고 무거운
사랑 1그램

내 모든 것을 내어 주어도
그 빚을 다 갚을 길이 없을 것 같은
그녀가 내게 준 사랑 1그램을 떼어 먹으며
오늘 하루도 잘 살고 있습니다

사랑 1그램보다 크고 무거운 우주가
나에게는 있지 않습니다

그녀는 내게서 몇 그램의 사랑을 받았을까요?

모자의 무게
—그녀를 사랑하는 방법 2

늦은 밤 일을 마치고 집으로 돌아오는데
문밖까지 마중 나온 만삭의 아내가
온종일 쓰고 있던 모자를 벗겨 주었다
회사 로고가 또렷이 박힌 땀내 나는 모자를 벗겨 주
었다

나비처럼 가벼운 모자를 한 개 벗었을 뿐인데
커다란 산을 한 개 내려놓은 듯했다

달랑 모자 한 개 벗었을 뿐인데……

아!
사람들은 얼마나 무거운 산을
이고 지고 살아가는가?

그녀의 일곱 시간
―그녀를 사랑하는 방법 3

바깥세상은 온통 얼음 진 겨울인데
드들강이 한눈에 내려다보이는
드들강변의 카페 건물 안에서
대추고를 내는 그녀의 세상은 펄펄 끓고 있다

숨길 것이 많은 누구는
일곱 시간을 잠가 버렸다고 하지만
그녀의 일곱 시간은 개방 중이다

쭈글쭈글해진 엄니 같은 대추알을 압력솥에 감금한
채
열 고문으로 일생을 쥐어짜
피 같은 시간을 뽑아내고 있는
흡사 고문관 같기도 한 그녀는

압력솥에 감금된 대추가
말줄임표가 되어 나오기까지
몇 번이고 등허리를 주먹으로 꾹꾹 누르며

대추와 함께 통증을 앓기도 하는 사람이다

대추고를 내는 동안
창밖으로 흘러가는 강물과 눈을 마주치기도 하는 그
녀는
흘러간다는 것에 대한 근본적인 질문을 스스로 던지
며
요양병원 생활을 끝으로 저 멀리 마지막 이사를 하신
시어머니와
갈수록 임대아파트를 닮아 가는 홀로 계신 노모를
생각하며
흐르는 강물 위에 눈물로
그리움의 시를 쓰고 있는지도 모른다

그녀의 눈물 떨어지는 소리를 숨겨 주려고
제 몸이 문드러지는 것을 아는지 모르는지
압력솥 안에 있는 대추알들이
저리도 요란법석을 떨며

자발적으로 오래 끓고 있는 것인지도 모른다

자신의 일생을 모두 내어 주며 떠나가는 대추알들 앞
에서
등허리를 주먹으로 꾹꾹 누르며
대추고를 내는 데 바치는 그녀의 일곱 시간
적어도 그 시간만큼은
그녀를 향한 사랑의 통증을 내가 앓아야 한다

대추차 한 잔
—그녀를 사랑하는 방법 4

눈 내리는 강변 풍경을 바라보며
사람의 온기가 느껴지는 대추차 한 잔을 마주하다 보
니
대추고를 내던 그녀의 일곱 시간이 떠올랐다

대추에게도 빛나는 젊은 시절이 있었을 것이다
부드럽고 탄력 있는 피부와
빛나는 눈빛
그리고 따뜻한 미소가 머금은 사랑까지

그 젊은 날들을 들어가서 둘러보고 나온 사람처럼
압력솥이 지켜보고 있는 주방에서
수천수만 개 대추알의 주름을 어루만지며
미안하다 미안하다 눈물짓던 그녀

바람도 햇살도
그냥 지나치지는 않았을 테고
달콤한 달과 잠 못 드는 별들도 매일같이

해가 지는 때를 기다렸을 것이다

해가 뜨고 바람이 불고 강물이 흘러가는
세상에서 일어나는 일들이
대추 안에서도 매일같이 일어나는 일이었을 것이다

태풍도 폭우도 견뎌낼 수 있었던 건
누군가 머물다 간 자리마다
그 시간 속에 깃든 그들만의 서사와
끈질긴 인연 때문이었을 것이다

나무줄기를 떠난 수천수만 대추알이
이 모든 여정을 주름으로 압축 저장해 놓고
압력솥 안에서 치치치치 내지르는 절규에
그녀의 마음에도 주름 한 줄 더 그어졌을 것이고
그 고랑으로 눈물 한 줄기 더 흘러내렸을 것이다

눈 내리는 강변 풍경을 바라보며

사람의 온기가 느껴지는 대추차 한 잔을 마주하다 보
니

대추의 일생을 방문이나 하고 온 것처럼

대추고를 내면서 어깨가 흔들리던 그녀의 뒷모습에
서

대추가 죽어서도 따뜻한 성질을 지켜낼 수 있는

이유가 읽히기도 하였다

제주 해변에서
―그녀를 사랑하는 방법 5

결혼기념일 30주년을 축하한다며
아들과 딸이 제주 여행길을 열어 주었다

너무 많은 것을 봐 버린 것은 아닐까 싶기도 한데
성산포에서 수평선을 열고 올라오는 해를
오래 보고 있었더니
지는 해가 보였다

이튿날은 반대 방향에 있는 협재해변에서
수평선을 열고 들어가는 해를
오래 보고 있었더니
뜨는 해가 보였다

오래 보고 있다 보면
수평선 위도 아래도 다 보인다

그녀를 마주 보고 있노라면
그녀의 등 뒤로 해가

뜨기도 하고 지기도 한다

그녀를 통과해 내게로 오는 모든 웃음과 눈물에는
뜨는 해도 지는 해도
함께 있다

오래 보고 있다 보면
그녀도 그녀 너머에 있는 것도
다 볼 수가 있다

뜨는 해도 지는 해도
그녀를 통해
내가 볼 수 있는 건 모두가
사랑이다

제주 바다 수평선이 가르쳐 준 것
—그녀를 사랑하는 방법 6

그녀가 유난히 가고 싶어 하는
제주 바다를 찾아가면
거짓말같이 그곳에
사랑이 있었다

이번 여행길에도 제주 바다는
우리가 찾아올 것을 미리 알고 있었던 것처럼
기다란 수평선을 그어 놓고 기다리고 있었다

일에 지쳐 힘없이 바다로 낙하하는 해를
지지하고 있는 수평선을 바라보며
내가 그녀의 지지선이 되고 있는지를 생각하였다

세상을 밝히기 위해 바다를 뚫고 올라오려는 해를
내리누르고 있는 수평선을 바라보며
내가 그녀의 저항선이 되고 있지는 않은지를 생각하
였다

파도와 갈매기가 가끔 내 생각 속을 찾아와
사랑하는 방법을 묻기도 하였다

제주 바다를 만나고 돌아오는 길에
수평선은 그녀와 나만 떠나보내지는 않았다

남평역
―사평역*행 열차를 탄 사람이 남평역에서 내리다

걸어가 닿을 수는 없어도 닿고 싶은
땅과 하늘이 만나는
아득한 그 지점을 지평선이라 부른다면
누구나 가슴속에 지평선 한 줄 정도는
그어 놓고 살아가는 셈이다

한 시인의 따뜻한 마법이 작동 중인
눈 내리는 간이역에서
오지 않는 열차를 기다려 본 사람들은
지평선을 그은 자리에 사평역사를 세우기도 한다

역장도 없고 매표소도 사라졌지만
기억을 지우지 못한 바람이 스렁스렁 드나드는 남평
역

소풍처럼 잠 못 들며 사평역행 열차를 탄 사람들이
열차가 서지 않는 남평역에 도착해 자동차에서 내리
면

사평역과 남평역이 하나의 지평선으로 줌인$_{zoom\ in}$
된다

* 곽재구 시인의 시 「사평역에서」에 등장하는 역 이름. 한때 남평
역이 이 작품의 배경 역이라는 소문이 돌았으나 사실이 아닌 것으로
알려지면서 이를 아쉬워하는 사람들이 많았다. 출신 지역과 관계없
이 어떤 사람들은 지금도 남평역을 이 작품이 배경 역으로 믿고 싶어
한다는 걸 남평에 살면서 알게 되었다. 나에게도 남평역은 여전히 육
신이 가 닿을 수 있는 유일한 사평역이다.

드들강 1
―강을 건너야 닿을 수 있는 곳

사는 동안 건너야 하는 강이 몇 개나 되는지
알 수 없지만
5분 거리에 있는 남평역에 닿으려면
강을 건너야 한다

강을 건너고서야 닿을 수 있는 곳이
남평역만은 아니다

채 1분도 걸리지 않는 거리에 있는
너에게로 가 닿기 위해서도
강을 건너야 한다

나는 지금 너에게로 가는 중인데
너에게 가 닿기 위해
이제껏 건너온 강만 해도
헤아릴 길이 없다

드들강 2

—꽃이 보고 싶어 나선 길

나의 선택은 늘
외로웁다

꽃이 보고 싶어
길을 나섰는데
길이 갈라지는 곳에는
늘 강이 흐르고 있었다

강을 건널 것인가
강변을 따라 걸을 것인가

살아간다는 건
강을 건너거나
강변을 따라 걷는 일

시방 나는
또 하나의 선택을 해야만 한다

나를 넘어설 것인가
나에게 갇힐 것인가

수평선을 질끈 동여맨 저 강물은
질긴 그리움으로 밤낮없이 노랠 부르고

찻잔 위로 가득 차오르는
상념의 윤슬

강 건너편에도
강변에도
꽃은 피고 있을 것이므로
서로 다른 꽃이 피고 있을 것이므로

드들강 3
—벼

강물은 저 홀로 깊어지는 법이 없었다
서로에게 흘러들면서 깊어지는 것 말고는
다른 길이 없었다

나무 한 그루 한 그루가
산을 품고 있듯
여물어 가는 벼의 낱알 하나하나에도
강물이 흐르고 있었다

허기진 밥그릇 같은
아부지와 엄니의 눈빛으로 벼들은 익어 갔고
그렇게 익은 벼는
아부지와 엄니처럼 고개를 숙였다

강보다 굴곡진 아부지 생애만큼이나
강물보다 오래 흐르는 엄니의 눈물은
강물보디 먼저 멈춰 설 깃 같지가 않았나

해마다 새로 피었다 지는 벼의 낱알에서
아부지와 엄니가 드나든 흔적이 보였다

드들강 4
—한 방향으로만 흘러가는 강물

자형이 가족의 부축을 받고
내가 운영하는 드들강변에 있는 카페를 찾아와
수년 전 개업 초기에 앉았던 2층 테이블에 앉아
통유리 너머로 흘러가는 강물을 바라보고 있다

수년 전 그날 바라봤던 강물이나
지금 바라보고 있는 강물이나
흘러가는 방향은 변함이 없는데

틈만 나면 일생을 소환해 보고 있을 것 같은
저장된 시간이 얼마 남지 않은
암 선고를 받은 한 남자에게 저 강물은
머잖아 멈춰 설 것이므로
인연의 물기도 점차 말라 갈 것이므로

지금 자형이 바라보는 강물과
내가 바라보는 강물이
다를 리 없으나 같을 리도 없다

신도 의사도
어찌하지 못하는 강물의 도도한 흐름

억만금 같은 시간을 내어 일부러 찾아 준
병색 짙은 자형과 같은 테이블에 마주 앉아
한 방향으로만 흘러가는 강물을 함께 바라보며

강물은 한순간도 멈추지 않고 흘러가는 것이므로
눈앞에서 흘러가 버린 강물일지라도
내 눈길이 닿지 않는 그 어느 세상에서도
잔물결 일렁이며 흐르고 또 흘러갈 것이라는
믿음을 새기고 또 새기고 있다

강물 위에 쓴 시 1
—드들강이 불러 줘서 받아쓴 시

한 세상의 징검다리를 외발로 딛고 선
저 백로도 그랬을까

시를 앓고서부터
하루도 시를 놓지 못하고
한시도 시에서 벗어나지 못한 채

도대체 시가 무엇이기에
어제도 오늘도 시를 품고 살다가

이리 가도 그 길
저리 가도 그 길

사유의 주름살을 겹겹이 늘리는 물결
소리에 마음이 일렁이다가

드들강이 불리 줘서 받아쓴
영혼이 흘리는 울림 깊은 눈물의 은유

강물 위에 쓴 시 2
―강물 속에 빠뜨린 문장

드들강 징검다리 위에 쭈그리고 앉아
시어를 낚다가
짓고 있던 문장을 그만 강물 속에 빠뜨리고 말았다

물에 젖은 채 어디론가 흘러가는
미완의 문장

내 주변을 맴돌던 작은 물고기들과
삼삼오오 모여서 힐끔힐끔 내 눈치를 보던 물오리들
이
물속에 빠진 그 문장을 떠받치며
문장의 빈자리를 듬성듬성 채우고 있었다

그러고도 남는 부분은
나의 절친 드들강이
징검다리 앞에서 쉼표 몇 잎 달고 있는 버드나무를
불러들여
마저 채우는 것이었다

강물 속에 빠뜨린 문장에도
나의 시가 이렇게 여럿의 도움으로 지어져
드들강 한 생애의 일부를 이루며 흐르고 있듯

내가 알아차리지 못한 사이
부족한 내 삶의 여백을 채워 주고 있는 것이
누군가의 따뜻한 사랑이라는 것을
징검다리 위에서 느릿느릿 알아 가고 있을 때

외발로 물을 딛고 선 채
이 광경을 물끄러미 바라보고 있던 왜가리 한 마리
저공비행하며 물속에서 건져 올린 시 한 수
물결 닮은 날갯짓으로 너울너울 낭송하며
강물 위를 평화로이 날고 있었다

강물 위에 쓴 시 3
―드들강에서

드문드문 내려앉는 햇볕을 쪼개어 쬐며
풀잎 같은 걸음으로 하루에 하루를 산다

발걸음 옮긴 만큼 남은 길은 짧아지고
가 버린 것들과 다가올 것들에 대한 경계 쯤에서

나만 한 크기로 묵묵히 흐르고 있는 드들강을 찾아
강물 위에 풀꽃 같은 시를 쓴다

쉬이 보이지도 만져지지도 않지만
그냥 사라져 버린 것이 아닌 나의 시

강물 위에 쓴 나의 시는 더 낮은 곳을 향해
흐르면서 비로소 시가 되어 간다

만나야 할 것들을 천천히 속 깊이 사귀면서
조금씩 조금씩 시로 익어 간다

풀잎 같은 걸음으로 하루에 하루를 살아
내가 조금씩 내가 되어 간다

봄 손님 1
―매화꽃

"매화꽃을 닮으셨군요"

미안한 일이 발생했다
매화를 닮았다는 이야기를 뜬금없이 어느 손님으로
부터 듣게 된 것이다

꽃에 비유될 이미지가 아니라는 걸 알고 있는 내게
이런 얼척없는 비유를 막 던지는 분도 계시는구나
그것도 앞장서서 봄 창을 열고 오는 어마어마한 매화
라니

자학의 경사로를 타고 내리막길로 미끄러지던 감정
은
순간 희열 모드로 급반전되어 혈관이 부풀어 올랐다

꽃과 인생의 내력을 일일이 물어보지 않고서도 환히
들여다보고 있을 법하게
지긋한 세월을 이고 지고 오셨을 것 같은 그 손님은

햇볕이 오래 내려앉은 얼굴로
수호신처럼 옆에 바짝 붙어 선 남편 같은 남자를 침
묵 속에 방치한 채

"광양 매화 축제장에는 가지 않아도 될 것 같다"며
"진달래꽃이 피면 다시 오겠다"는
팩트체크를 하고 싶지 않은 유언 같은 말씀을
내 가슴에 인두화로 새겨 놓은 채
뒷모습을 찍고 떠나갔다

벗어나고 싶지 않은 이 얼척없이 즐거운 분위기에 포
위된 채
두 손님이 카페 문을 나가는 뒷모습을 홀린 듯 바라
보기만 하였는데
손님이 문을 열고 나가는 순간
기다렸다는 듯 우르르 밀고 들어온 매화 향기가
나를 지빠뜨리고 말았다

봄 손님 2
―진달래꽃

"진달래꽃이 피면 다시 오겠습니다"

인두화로 새겨진 유언 같은 문장 한 줄
기억회로를 쉼 없이 순환 중인데

산야를 흘러내리는 꽃물이 새들의 울음을 적셔대도
진달래꽃이 피면 다시 오마던
그 사람은 오지 않았다

앞산 뒷산에서 꽃들은 오고 가고를 반복하였으나
나에게 진달래꽃은 피지 않은 것이었고

진달래꽃이 필 때까지는
진달래꽃에 칭칭 감겨 있을
말 한마디의 힘

진달래꽃의 꽃말을 '끝없는 기다림'으로 바꿔
꾹꾹 눌러쓴 나의 마음을

애써 나에게 건네는 날들이
층리層理처럼 쌓여 가고 있었다

3부

좌회전이 더 편안한 데는

이유가 있다

빈 바다

더는 비울 수 없는 빈 바다
이 세상 덧없이 사랑한 사람들
물소리 따라 깊어졌는가

가고 오지 않는 이름 찾아
끝끝내 참아 온 그리움 한 세월
내 여기 멍든 가슴을 풀어라

기다림 그치자면 더 큰 기다림
머물수록 더욱 물노래에 젖으며
내 사랑 민둥 섬 되어 솟는가

저런 세월 부서지는 파도 소리
아아 더는 비울 수 없는 빈 바다에
마지막 등불 지키는 그리움 하나
수평선 되어 빈 하늘만 태우네

파리채로 시를 잡다
—카페, 코로나 19

가난은 휴일도 없는지 일꾼이 되라 일꾼이 되라 하고
엄동설한 난방을 해 봐도 좀처럼
금고의 온기가 오르지 않았다

손님에게로 향기로이 스며들어야 할 커피는
침묵이 깊어진 그라인더에 갇힌 채
엄혹히 다가올 분쇄의 시간을 묵상하며
쓰디쓴 운명을 무지개 맛으로 숙성시키고 있었다

파리 한 마리 윙윙 약을 올리며 머리 위를 날고
까똑까똑 스마트폰에 겹겹이 쌓이는 인생 청구서

돈이 되지 않는 날이면
무엇이든 되긴 되어야 하지 않겠냐는 생각으로
고개 돌려 주위를 살피는 순간
그 일상의 생각마저 나를 밀쳐냈다

테이블 위에 펼쳐진 가난한 문우의 시집이 눈짓을 해

오고
　삶의 언저리에서 서성이던
　마스크를 쓴 남루한 문장 한 줄
　나를 열고 들어와 은은한 시향을 풍기기 시작했다

　어허 이러다가 뭐라도 되긴 될 모양이다
　이거라도 되기만 하면
　오늘 하루는 됐다

　파리채로 파리는 못 잡고
　저렴한 시만 잡은 어느 날

　설정 온도를 높이고 높여도
　좀처럼 금고에 온기가 돌지 않았지만
　내 체온은 36.5도
　내 삶이 이만하면 됐다

반달이 품은 온달

원치 않아도 절반쯤 경계선을 그어야 하는 경우가 있
는가 하면
눈에 보이는 것들은 대개 절반쯤이다

바이러스성 가짜뉴스가 난무하는 세상에
진짜 전염성 바이러스가 떴다

마스크 반 얼굴 반으로 올려다본 밤하늘에는
살을 뺀 건지 지워져 버린 건지
에덴의 길목에 쓸쓸히 걸려 있는
내 얼굴을 닮은 반쪽짜리 경량급 반달 하나
온달만이 달이라는 믿음으로 살아온 나는
하마터면 반쪽 실종 신고를 할 뻔했다

반쪽이 더 필요한 내게
마스크를 쓴 내 얼굴처럼
빈쪽밖에 보여 주지 않는 창백한 반달

보여 주지를 않는 건지
보지를 못하는 건지
세상에는 열심히 들여다보는 것만으로는 볼 수 없는
것들이 있다
마스크를 쓰지 않아도
인생의 절반쯤 가려지는 깊은 세계가 있다
드러나지 않게
조용히 홀로 이고 지고 살아가는 시간이
생애의 절반쯤 있는 것이다

맑은 강물 한 줄기 일렁이며 깊어지고 있는 것을
강변을 거닐면서도 알아차리지 못하듯이
에덴의 길목에 걸린 반달의 또 다른 반쪽
그 어마어마한 세계를 다 알아 갈 수는 없는 일이겠
으나

진짜 바이러스와는 마스크로 경계선을 긋고
바이러스성 가짜 뉴스와도 경계를 치고 살아가야만

하는
　하 수상한 시절에

　반달이 품고 있는 온달
　나를 닮아 있을 그 얼굴이 자못 보고파지는
　요즘이다

흔들리는 섬

수면 위로 올라오지 못한 울음들이
떠받치고 있는 작은 섬들의
어깨가 흔들리고 있다

잠 못 들고 뒤척이는 파도는
거대한 수압에 눌린 해저 울음들의
경련 같은 것

파도 소리에 감긴 갈매기들이
섬들의 젖은 문장을 실어 나르는
팽목항

이곳에 서면 나도 어느덧 어깨가 흔들리며
해저 울음들에 조응하는
작은 섬이 된다

물기에 젖지 않는 것이 없는 세상과
하나가 된다

송정리 1
―세레피아

떠나는 일도 기다리는 일도 멈추지 않는
송정역과 광주비행장의 사연들을 다 들어 주면서
떠나가는 배* 한 척 송정공원에 시비로 띄워 놓고
낮은 목소리로 서로를 토닥여 주며
미우나 고우나 함께 살아온 송정리

비행장 정문 앞에 펼쳐진 논보다 그리 높지 않은
고내상 부락
낡은 슬레이트 지붕을 인 야트막한 흙집에서는
피리 속을 통과한 소리처럼 구슬픈
세레피아를 찾는 아버지의 목소리

정부의 지시에 따라 국민보도연맹에 가입을 했는데
가입했다는 이유로 경찰에 잡혀가
모진 고문을 당하시고도
끝끝내 죽지 않고 살아서 돌아오신 젊은 아버지
뼛속까지 눈물뿐인 깊은 상처를 안고
이 악물고 부활해 오신 우리 아버지

이유도 없이 사지로 내몰린 사람들이
소나기처럼 쏟아지던 시절에
그렇게라도 살아 돌아오셔서
훗날의 아들딸들이
세상의 짠맛이라도 보며 살게 된 것은
운명이라 할 수 있겠으나

영혼이 너무 맑아 시대적 통증이 심했던 아버지는
고문 후유증으로 따라붙은 햇빛 노이로제와
요시찰 감시망에 징글징글 시달리며
신경안정제인 세레피아 뒤에 숨어 지내야만 했다

교통의 요지로 불리우는 송정리에서
비행기도 열차도 자동차도 쉼 없이 길을 내고 있었지
만
아버지의 길은 끝끝내 열리지 않았다

비행장 정문 앞에 펼쳐진 논보다 그리 높지 않은

고내상 부락
낡은 슬레이트 지붕을 인 야트막한 흙집에서는
피리 속을 통과한 소리처럼 구슬픈
세레피아를 찾는 아버지의 목소리

* 송정공원에 있는 나룻배 형상의 용아 박용철 시비에 새겨진 시
제목

송정리 2
―아버지의 눈물

날마다 흘린 땀은 뙤약볕의 몫이었다
너무 좁아 잘 걸을 수 없는 논둑길
우리는 학교 운동장처럼 널따란 길이 좋았다
기찻길 하나 없이 낮게 누운 마을
도무지 적성이 맞지 않는 세상에서
우리는 희망이 없는 아버지 생애의
일부가 되고 있었다
가뭄이 내리면
우리 식구의 한 해는 저물어
우울한 오두막엔 모기 떼가 설쳐대고
뒷산 부엉이 울음소리가 두 귀 가득 고여
오줌이 마려워도 문밖이 두려웠다
딱지치기에 지쳐 허리를 펴면
어느새 우리보다 키 작은 아버지
왜낫 들고 꼴 베러 가는 나를 보고
당신의 말 없는 두 눈은 불을 뿜지만
아무래도 베는 데는 조선낫보다는 왜낫
허수아비 바빠진 하늘 아래 보름달이 걸리면

가을걷이 즐거움보다 급해진 빚 사정에
마을 입구 새 시대 대폿집에서
키 작은 아버지는 취해 울지만
미국말을 안다는 주모는 우는 사람이 귀찮고
움츠린 아버지가 집에 돌아오시자
겨울이 되었다
봄날도 달밤도 아득히 먼 어느 날
도무지 희망이 없는 세상 같았지만
겨울마저 실어다 버리는 강물 소리에 벌떡
우리는 잠든 세월 밖으로 뛰쳐나와
마을의 어둠과 추위를 삽으로 퍼다 버리며
아버지의 가슴 깊이 흘러내리는 눈물을
고스란히 우리의 것으로 받아들이고 있었다
여린 우리의 가슴을 뜨겁게 달구고 있었다

송정리 3
—열네 살 까까머리 소년의 어느 겨울 이야기

겨울은 옆집처럼 늘 곁에서 떠날 줄 몰랐고
빙판 진 우산리 아리랑 고개를 오르는
이십이 공탄 백 장을 실은 시커먼 연탄 수레에
크고 작은 일곱 개의 그림자가 기다랗게 매달려 있었
다

고개 숙인 열네 살 까까머리 소년이 미는 연탄 수레
를
부인이 끌고
48년 세월이 부인을 끌어 올리고 있었다

줄줄이 매달린 그림자의 중력 때문인지
연탄을 가득 실은 수레가
아리랑 쓰리랑 곡예를 하듯 아슬아슬하였다

고갯마루가 먼저 내려와 맞아 주지는 않아도
오르는 동안
아무도 그 고갯길을 탓하지는 않았다

고갯마루에 올라 수레를 세운 채
올라온 길을 내려다보며 땀을 훔친 여인은
허파에 저장된 48년 치의 숨을 한꺼번에 뽑아 쓰는
듯
깊은 숨을 몰아쉬며
먼 하늘에 시선을 던진 채
검은 눈물 한 방울 재빨리 훔쳐냈지만
이미 소년의 가슴은 감전이 되고 있었다

수레에 기다랗게 매달린 그림자 일곱 개의 무게가
수레를 내리누르기는 하여도
일곱 개의 질긴 목숨들이
수레를 밀어 올려 주기도 한다는 말을
부인은 하고 싶었던 것일까

까매진 얼굴에 하얀 이를 드러내며
부인은 웃었다
말없이 그냥 웃었다

열네 살 나이에 감전된 가슴이 지켜 준
나의 생 위로
송이송이 하얀 눈이 사뿐히 내려와 쌓이고

제 몸에 불을 붙여 시린 세상을 따뜻이 덥혀 주는
이십이 공탄을 닮은
부인의 검은 눈물 한 방울 내 가슴에
뚝 떨어질 때마다
내 사유의 뜨락에는
이십이 공탄만 한 분화구가 파이곤 하였다

송정리 4
—어머니 이야기

아버지 만나시기 전에 곱디고운 처녀셨던 어머니
아버지 먼저 가시자 마음 비우시고
빈 들에 바람을 풀어 놓으시네

어둠의 시절 역사의 뒤안에서 헤매다
해방되어 상처 깊어지신 아버지 젊음
질긴 사랑으로 휘감아 일으켜 세우시고
손금에도 없는 구겨진 세월 마시며
배가 고파도 새벽 같은 아이들을 낳고
가시 돋친 비탈길 잘도 이겨내셨네

아버지의 눈 안에서 살던 앞산
아버지 떠나가시자
어머니 눈 밖으로 더욱 멀리 돌아앉고
세상을 향해 슬피 웃으시던 아버지 웃음소리
어머니의 눈물 되어 우리의 심장으로 젖어드는데
끌어안아도 허진하실 어머니의 생애를
나는 왜 잦은 신경통에서만 만나곤 하였을까

아버지 만나 척박한 시대의 아내가 되셨던 어머니
아버지 떠나가시자 남은 삶 세상에 모두 내놓으시고
새벽을 향해 나아가는 청년의 어머니가 되셨네

송정리 5
―걷는 사람, 그리고 하모니카

1

걷는 사람 되는 게 지상 최대의 목표였던 그에게 발길
질만은 하지 말았어야 했다 그의 이동수단은 두 팔과
양 무릎으로 기어 다니거나 물구나무서서 걷는 거였다

요강에 보는 대변 횟수와 양을 줄이겠다며 스스로
식사량을 절반으로 싹둑 잘라 위장의 크기를 줄여 나
갔다

사람들과 이웃하며 외롭지 말라고 어머니께서 마루
모퉁이에 차려 준 반 평짜리 찬장점빵은 마을 아이들의
작은 공동체 사회가 되어 웃음도 눈물도 함께 있었다

찬장점빵에 놀러 온 아이들이 때로는 마루에 앉아
있는 그를 강제로 땅바닥으로 끌어 내리고 "나 잡아 봐
라" 소리치며 도망을 쳐도 그는 잡으러 달려가지 않았
다, 못했다

그와 장난을 치거나 다툼이 생겼을 때 팔심이 장사인 그의 굵은 팔뚝을 감당할 자신이 없는 나는 일어서서 발길질로 그를 놀리거나 위협을 가하기도 하였다

연탄이 밥이자 목숨이었던 시절 연탄 배달 일과를 마치고 어둠에 눌린 채 까매져 돌아오는 어머니와 나를 맞으며 어찌 매번 그리 미안한 표정으로 함께 까매지는지

2
고샅 맞은편에 사는 인심 좋은 성운이 형의 짐바리 자전거 뒷자리에 앉은 다리로 담장 너머 낯선 세상을 처음으로 나들이한 그에게 봄 신령이 들렸는지 사춘기가 찾아들었다

찬장점빵으로 자주 놀러 오던 아이들 중 가장 착해 보이는 이웃집 소녀를 흠칫흠칫 훔쳐보는 것도 같았고 전에 없이 감정 표현에 꽃물이 들고 있었다

월남에서 귀국한 형이 선물로 사 온 하모니카는 앉아
서도 별천지를 날 수 있는 날개를 달아 주었다 뭐든 혼
자서 터득해내는 능력이 탁월하였던 그는 하모니카로
금세 작은 노래책 한 권을 독파해냈는데 그가 연주하는
하모니카 곡조가 너무나 구슬퍼 날아가던 새들도 돌아
와 빨랫줄에 눌러앉은 채 그 소리를 들으며 눈물을 뚝
뚝 흘리곤 하였다

　익숙해진 그의 하모니카 소리가 기다려지는 어느 날
의 방과 후 귀갓길 여느 날과 달리 방문이 잠겨 있어 검
지에 침을 발라 문짝의 한지에 구멍을 내고 방 안의 풍
경을 들여다보게 되었는데

　방문 맞은편 벽 쪽 서까래에서 내려온 그리 굵지 않
은 밧줄에 대롱대롱 매달린 채 하늘의 별을 따고 있는
그가 보였다 밧줄을 두 손으로 움켜쥔 그가 벽에 신체
의 일부를 의지한 재 석고처럼 굳어 버린 앉은 다리를
풀어 보려고 단 한 번만이라도 이 세상을 두 발로 서 보

려고……

　함께 산 세월만큼 내 몸속에 들어와 살고 있던 그가
천둥 번개 치며 내 안에서 울부짖었다 아아 나는 그 장
면을 보지 말았어야 했다 별생각도 없이 일어서서 발길
질했던 내 자신이 끝도 없이 미워지는 순간이었다

　그렇게 변해 가던 그가 어느 따뜻한 봄날 자신에게
주어진 시간을 앞당겨 쓰고 시간 밖으로 나가 버렸다
높은 선반에 엎어진 쓰다 만 농약이 그의 마지막 식사였
다

　─피다 만 한 송이 들꽃이 흘리는 눈물은
　　그냥 눈물이 아니라 피눈물이다

　그는 이렇게 마지막 눈물을 떨궜다

　3

그의 시간이 마감되면서 우울한 침묵이 오랫동안 마루 위를 기어 다니고 송정리의 가난한 부락 고내상에서는 곡목을 알 수 없는 구슬픈 하모니카 곡조가 돌아다녔다 누군가에게 귓속말을 하는 듯한 슬픈 세레나데가 돌고 돌고 또 돌았다

나는 그를 형이라고 불렀고 나는 지금도 그를 형이라고 부르고 있다 하지만 그때 발길질만은 하지 말았어야 했다

송정리 6
―산길

오지 않는 형아야
길도 없이 길을 간다
물구나무서서 나를 웃기던
앉은 다리 형아야
너를 찾아 산길을 간다
길도 없이 헤매던 시절
엄금엉금 기어와
심장 속의 날 선 사랑 휘둘러 보이며
사람이 곧 길이라고 말하며 웃던
결코 울지 않던 형아야
마지막 그때 그 길만은
기어이 걸어서 간다 해 놓고
오히려 누워서 가 버린 형아야
나는야 쫓기는 신세가 되어
작아서 넉넉하던 네 모습 그리며
밤 깊이 산길을 간다
어쩌면 이제
달려서 올 것도 같은

보름달로 산길 비추는 형아야
가는 길이라고 모두가
길은 아니더라
심장 속의 날 선 사랑 휘둘러 보이며
사람이 곧 길이라고 일러 주던
앓은 다리 널 찾는 마음이
빌딩 숲에 그늘져 사는
아우의 길 같기도 하더라
이 가슴 깊은 곳에서
빛으로 눈뜨고 있는 형이야
쫓기는 자의 길을 묻기 위해
아무도 없는 산길을 간다
죽어서도 넉넉한 네게로 간다

송정리 7
―형은 지금

하늘에 서기 위하여
하늘에 서기 위하여
앉은 다리 세상 떠난 형은
죽어서도 외진 골짝 응달에 갇혀
지금도 일어서는 연습을 하고 있는지
앉은 세월 훌훌 털고 일어나
새가 되어 날아다니는지
어느 세상에도 바로 서지 못하는
내 마음을 대신 서고 있는지

송정리 8
—우산리 아리랑 고개

청산에 미쳐 청산에 몸 바친 여인 하나
불도저에 잘린 고향을 울고 있다

가로등 하나 없이 넘는 고갯마루
가슴에서 이는 잊힌 바람
개 울음 같은 것도 아득히 들려오고
소리 내어 어둠을 꾸짖어 보지만

청산에 미쳐 청산이 된 여인이
녹두 빛 울음소리로 살아오고
아, 갈 곳 없이 머나먼 길
청산이나 되어 여인을 달랠까

청산에 미쳐 청산이 된 여인 하나
우산리 아리랑 고개가 되어
아리랑을 부르며 흐느끼고 있다
녹두 빛 여인들의 슬픈 이야기가 되고 있다

사모곡

엄마 생각이 들라치면
엄마는 언제든지 내게로 오고 계시는 중이다
얼마나 오랫동안 엄마가 오고 계시는지
생각 이전부터 오고 계시는 중이다

이토록 엄마가 내게로 줄기차게 오고 계시는데
이승이며 저승이며 우주의 온갖 경계가 다 무어다냐

처음 그 자리 자궁에서부터
끝없이 오고 계시는 엄마 맞이하러
다 제쳐 두고
벽돌처럼 차곡차곡 쟁여 둔
사랑한다는 말 한마디
맨발로 달려 나간다

세상이 온통 엄마로 가득하다

감1, 그리고 감2

얼마 전에 손님께서 주먹만 한 감1을 PICK UP 테이블 옆에 두고 가셨습니다 외로워 보였으나 인테리어 효과가 나기에 그대로 두었습니다

그로부터 며칠이 지나 다른 손님께서 다른 감2를 그 옆에 두고 가셨습니다 이번에는 전보다 작고 귀여워 보이는 감이었습니다 것도 그대로 두었습니다

비교적 큰 감1과 작은 감2가 함께 있으니 보기에 좋았습니다

그냥 그대로 그렇게 며칠이 지나갔습니다 감은 그 자리에 있는데 시간만 지나갔습니다

그런데 감1에 변화가 일기 시작했습니다 곱고 탱탱하던 감1의 피부가 거칠어지며 그곳에 주름이 찾아들기 시작한 것입니다

둘의 조화가 이렇게 서서히 무너지고 있었던 것입니다 감2는 여전히 싱싱한 젊음을 유지하고 있지만 감1은 늙어 가는 중이었습니다

안쓰러운 마음이 일기도 했으나 싱싱한 실내 분위기를 유지하기 위해서는 늙어 가는 감1을 빼내야 할 것 같은 충동이 일었습니다

어떤 손님은 친절하게도 카페 분위기를 위해 늙은 감을 치우라는 충고까지 건넸습니다

녀석은 어찌 했을까요?

마음이 약한 녀석은 차마 그 둘을 어찌하지 못하고 그냥 그대로 두었습니다 며칠 동안 그대로 둔 채 좀 더 가까이 다가가 살피곤 했습니다

뽀짝 가까이 다가가다 보니 문득 보였을까요? 그 둘

은 무언가 친밀한 대화를 나누고 있었습니다 분위기로
보아 처음 만났을 때부터 둘만의 대화를 정겹게 나누고
있었던 것 같았습니다

호기심이 발동한 녀석은 둘의 대화 내용이 궁금해
온 마음을 다해 들어 보려 노력을 했습니다 그랬더니
말입니다

주름이 깊어 가는 감1과 싱싱한 감2에서 얼마 전에
돌아가신 어머니 일생과 녀석의 소년 시절이 보이기 시
작한 것이었습니다

가족의 생계를 위해 연탄 수레를 끌던 어머니와 중학
교 학비 마련을 위해 중학교 진학을 미룬 채 연탄 수레
를 밀던 열네 살 소년이 그 자리에 함께 있었습니다

감1과 감2이 다정한 그 모습 속에 모자간의 지극한
사랑과 눈물이 함께 흐르고 있었던 것입니다

꽃이 피네

봄날이 오니
꽃 한 송이 피네 가슴속 기슭 깊숙이
눈물겨운 꽃 한 송이

길은 꿈꾸는 자에게만 보인다는 말과 함께
뜨거운 봄 햇살로 산산이 부서져 간 그대

내 삶 속에서 꿈꾸는 섬으로 떠돌기도 하고
길이 되고 노래가 되기도 하더니

그대 떠난 봄날이 다시 찾아와
그대와 함께 오르던 무등無等을 홀로 오르노라니

수평선이 되기 위해 길 떠났던 강물도
이 산 저 산의 산봉우리들을 깨우러 길 떠났던 산새
들도

사랑할 일이 너무 많아 힘들었던 그대의 모습으로 다

시 살아와
　　어깨 겯고 자유를 노래하던 그대의 모습으로 다시 살
아와

　　꽃 한 송이 피네 내 가슴속 기슭 깊숙이
　　눈부신 꽃 한 송이

물집

물집 하나 잡힌 채 살아간다

계엄군 총탄에 맞아 하반신 마비로
눈높이가 달라진 친구를
매일같이 마주하는 것이 너무 힘들어
친구와 눈높이를 다시 맞춰 보기 위해 하루는
두 대의 휠체어를 나눠 타고
광주의 충장로와 금남로 거리를 함께 다녀 본 적이
있다

그냥 구르기만 하면 넘을 수 있을 것 같아도
동그란 바퀴로도 넘을 수 없는 턱이 얼마나 많은지
세상에는 동그란 마음만으로는 넘을 수 없는 벽이 얼
마나 많은지
길턱과 계단과 편견들과 무수히 부딪치며
그 벽을 넘어서기 위해
바퀴를 굴리는 손에 힘을 주다 보니
손바닥에 물컹한 물집이 잡혔다

넘어설 듯 넘어설 듯 세상의 그 벽을 끝내 넘지 못하
고
　휠체어를 탄 채 이승을 넘어가 버린 친구
　내 가슴에 물컹한 물집이 잡혔다

　물집 하나 잡힌 채 살아간다

무등산 낮달

—5·18 국립민주묘지 7묘역 8번, 친구 김요한을 생각하며

1

새들이 나는 걸 포기하지 않듯
우리는 오르는 일을 포기하지 않았다

나에게 물어보지도 않고
내 몸을 기어오르는 개미가 미안한 것처럼
산에게 물어보지도 않고 무등산을 오르는 건
미안한 일이기는 했다

가난만큼이나 힘겨운 가파른 산길을 만난 친구가
작은 어깨라도 내주어
오르기가 힘든 사람들의 완만한 능선이 되는 삶을 살
고 싶다며
휘이익 휘이익 부는 휘파람이
여기저기 봉우리에 부딪히며 메아리로 산을 떠돌자
숲속의 나무 이파리들이 그 휘파람을 품어 주었다

시선은 본능적으로 큰 봉우리를 향하고 있었으나

우리가 꿈꾸는 건 봉우리가 아닌
무등無等한 세상이었다

2
금남로에 있었다는 이유로
친구의 몸통에 동굴을 뚫고 지나간 괴물 총탄이
광주 봄날에 깊숙이 박혔다

하루아침에 앉은키로 세상을 마주하게 된
친구의 계절은
지워지는 봄날에 늘 갇혀 있었다

휘파람을 품고 있어서인지
친구의 잦은 통증에
반창고처럼 상처를 기억하고 있는
무등산 나무 이파리들의 떨림이 그치지 않았다

산천에 꽃들이 요란하여도

친구에게는 없는 봄이었고
두 번 다시 함께 오를 수 없는 산을
망연히 바라다보며 친구는 때로
영혼에서 자신의 휘파람을 꺼내 듣기도 하였다

3
누구나 때가 되면 간다고는 하지만
너무 일찍 마지막 이사를 해 버린 친구의 등 뒤로
해마다 오월이 오면
휠체어를 탄 듯한 허연 낮달이 망월동에서 떠올라
무등산 위 창공을 서성거렸다

허연 낮달을 알아본 무등산 사찰의 처마 끝 풍경들
이
띠링 띠링 숲속에 신호를 보내면
숲속 나무들이 새들을 불러 모아
품고 있던 휘파람을 날개에 실어 날려 보내고
새들은

산중의 높고 낮은 여러 능선에
휘파람을 실어 날랐다

무등산 위를 서성거리던 허연 낮달이
이 능선 저 능선에서 들려오는 함성 같은 휘파람 소
리를
우는 듯 웃는 듯 상기된 표정으로 듣고 있었다

시선은 본능적으로 큰 봉우리를 향하고 있었으나
우리가 꿈꾸는 건 봉우리가 아닌
무등無等한 세상이었다

봉우리도 무등無等한 세상도
서로가 내준 어깨와 어깨들이 기대어 만든
누구나 오를 수 있는 완만한 능선에 함께 있었다

새벽 7시 조찬회의

그 팀원은 근무를 잘하고 있을까?

끄떡하면 주말에도 출근을 해야 했고 쉬는 날도 마음은 출근을 해야 했던 월급쟁이 시절 짬밥이 늘면서 팀장이라는 보직이 주어지지 않았다면 쩌렁쩌렁 단련된 구호를 더 오래 달고 살았을지도 모른다

할당된 영업목표를 달성하지 못해 끄떡하면 새벽 7시 조찬회의에 불려 가 수십 명의 중간간부들이 있는 자리에서 조인트를 까이며 목표 초과 달성을 외쳐대던 몇몇 동료 팀장들의 외마디 비명이 튀어나올 때마다 사표를 품고 다닌 지 오래되었다는 한 팀원의 고개 숙인 뒷모습이 나를 흔들고 갔다

코앞에서 눈을 부릅뜨고 있는 권력이 가장 무섭다고는 하지만 불의한 권력에 맞서지 못하고 불안과 침묵으로 지켜만 봤던 소심한 중간간부

적지 않은 세월 동안 노동운동을 한답시고 임신한 그
녀의 애간장을 녹이던 시절이 있었던 터라 퇴근해 돌아
오는 순간까지 그녀는 새벽같이 가방을 들고 출근하는
나의 뒷모습에서 시선을 떼지 않고 있을 것이므로

그냥 내가 보수화되어 가고 있었다고 많은 것은 아니
지만 그동안 일구었던 나와 가족의 행복이라고 규정했
던 것들 중 일부를 빼앗기는 게 두려웠었다고 말하는
것은 왠지 좀 거시기했다

언젠가는 내가 나에게 조인트를 까이게 될 날이 올지
나도 모르겠다

좌회전

차선 구분이 없는 생활도로
갈림길에서
좌회전이나 우회전을 하는 경우
꺾이는 각도는 비슷한데
좌회전이 더 편안한 데는 이유가 있다

갈림길에서 방향이 헷갈린다면
나는 망설임 없이
좌회전을 선택할 것이다

가장 나중에까지
나에게서 온기를 거두지 않을
따뜻한 심장이 있는 방향으로…

영혼이 흘리는 울림 깊은 눈물의 은유

조성국(시인)

1

형, 형 말대로 "남평 드들강은 풍경이 수심水深보다 깊"어 보이고, 그래서인지 강에서는 "보이는 것은 물론이고/보이지 않는 것들이 보이기도" 합니다. 사삭스럽게 눈에 밟히는 강의 징검다리 앞에서 나는 징검다리로 강을 건너거나 강줄기를 따라 강변길을 걸어 보기도 하고, 내가 걷는 눈길 따라 어떤 이는 다시 돌아오고, 또 어떤 이는 돌아오지 않기도 했습니다. 다시 돌아오지 않는 사람들은 어디로 갔을까요?

징검다리로 강을 건너거나 강변길을 따라 걷는 이들, 그리고 돌아오거나 돌아오지 않는 사람이 강에서 바라본 각각의 세계는 같지만 똑같을 수는 없었겠지요. 같지만 똑같을 수 없는 각각의 세계에서 개안開眼할 때 형은 비로소 잔잔한 미소 같은 시를 살긋이 만난다고 하였습니다. 지금까지 그랬듯이 형은 앞으로도 그럴 것 같지만 같을 수 없는 각각의 세계가 층리層理처럼 쌓이고 또 쌓이도록 이제 막 연둣빛을 벗은 버

120

들의 징검다리 주변을 자주 서성거리거나 징검다리 위에 쭈그리고 앉아 사계의 시어를 낚고 있을 거라고 했습니다. 물론 육친 같은, 형의 생애에서는 결코 빼놓을 수 없는 형의 그녀랑 함께 말입니다. '사랑한 만큼 강은 보이는 것은 물론 보이지 않는 것들까지 계속 보여 줄 것'임을 믿는 형이므로, 나는 그것이 '강물 위에 쓴' 형의 '시'라고 어림짐작하며 종종 형의 마음을 훔쳐보듯 넘보고는 했습니다.

"살다가/사는 일이 쉽지 않다는 생각이 들어/길을 멈춰 선 채//달리 사는 법이 있을까 하여/다른 길 위에 마음을 디뎌 보노라면//그 길을 가던 사람들도 더러는/길을 멈춰 선 채/주름 깊은 세월을 어루만지며//내가 지나온 길 위에/마음을 디뎌 보기도"(「사는 법」) 하였던 것 같습니다.

예 올 때마다 강물이 보이는 북카페 이 층 유리창 멀리 퇴행하는 고관절을 다독이듯 버드나무 이파리가 이고 지고 오셨을 것 같은 지긋한 세월의 나이테를 연하게 물들여 축 늘어뜨리고, 그 뒤로 서쪽 빛은 강물에서 졸고, 귀환하지 못한 철새나 토박이 텃새 몇몇은 그 서쪽 빛에 힘을 받아 물구나무서며 물속을 꿰는, 그 뒤로 풋내 나는 논밭이, 그 뒤로 하늘에 맞대고 희맑게 이내 긴 무등산이 눈에 가득 차올랐습니다.

마침 두둥실 강물에 앉아 서쪽 빛에 졸던 새 한 마리
가 공중을 깨뜨리며 비스듬히 날아올랐습니다.

새는
자신의 흔적을 지우며 난다
흔적을 지워
가벼운 날개를 유지한다

사람은 머리로 새를 꿈꾸지만
새는 사람을 꿈꾸지 않고
자신의 날개로 자유를 꿈꾼다

창공을 나는 새를 쳐다보며
사람은 새를 노래하고
자신과 새와의 거리를 재지만
새는 제 삶의 무게를
날개에 실어 나를 뿐이다

사람은 창공의 자유를 꿈꾸며
지상의 자유에서 멀어지고
새는 창공의 자유만을 꿈꾸며
창공에서 날개의 자유를 얻는다

사람은 죽어 몸을 버리고
이름을 남기지만
새는 죽어 좌우 날개를 버리고
창공을 남긴다

                            —「새」전문

아침 햇살이 불러 가게 문을 열었는데
1층 테라스 바닥에 새 한 마리가
머리에 피를 흘린 채 죽어 있었다

투명한 유리창에 머리가 부딪치는 찰나
유언을 준비할 겨를도 없이
수천수만 리 창공을 날아온 일생의 모든 날개가
새를 떠나갔을 것이다

새가 창공을 날아다닐 때
날갯짓에 튕겨 대기 중으로 굴러다니던
수많은 햇살들이 몰려와
조문을 하였다

살아생전 날아다니면서 사방팔방에 마음을 걸어 놓
았었는지

새가 다니던 길도 사라지고
새의 발자국도 사라지고
새의 모든 흔적도 사라지고 없는 창공에서는
새들의 울음소리가 낭자하였다

날개가 전부였던 새는
창공에 날개 하나 남기지 않고
고스란히 비워 두었다

새는 모든 날개를 잃었음에도
창공만은 잃지 않았다

　　　　　　　　　　—「모든 날개를 잃은 새」 전문

　"사람은 죽어 몸을 버리고/이름을 남기지만/새는
죽어 좌우 날개를 버리고/창공을 남"기는데, "새는 모
든 날개를 잃었음에도/창공만은 잃지 않았"는데 이걸
두고 현학적이고 고상한 시의 해석이나 해설 또는 주
례사 같은 비평도 좋겠으나, 육화되지 않는 서양의 잠
언 같은 논리로 거부감을 일으키기보다는, 그저 아무
런 단서를 달지 않고 강물을 박차고 오른 날갯짓 하나
만으로도 충분히 형의 '사는 법'이 헤아려지기도 했습
니다. 새가 남긴 창공에 홀연한 낮별처럼 "반짝이다가

사라지는 게 아니라/그 별을 불러 준 사람의 가슴속
으로/자리를 옮겨 앉"(「별」)듯이 말입니다. 그것이야
말로 "세월의 무게를 한 걸음 두 걸음 덜어내다 보니//
내 밖으로 떠돌던 내가 나를 찾아오고/눈 밖에서 떠
돌던 작은 꽃도/비로소 내 눈에 들어오기 시작한" 일
이었습니다. "작은 만큼/더욱 가까이 다가가 쪼그려
앉게 하"는, "작아서/더 가까이 다가가/나를 만나게
하"(「작은 꽃」)는 일이었습니다. 거기에는 형의 심상
心想대로 작지만 큰, 가난에 짓눌려 뒷바라지를 많이
해 주지 못한 것에 늘 미안한 눈빛을 보이셨던 어머니
가 이윽고 승천하며 그 해묵은 짐을 내려놓으며 주신
과분한 시 한 편 같은 유산(「마지막 이사」)과 '지워진
줄 알았던 그 그림자, 지워진 게 아니고 포개진'(「그림
자」) 아버지의 그림자가 덧대 있긴 있었으나 그리 새
삼스럽지는 않았습니다. 다음과 같이 둥근 형의 나이
테가 일러 주어서 그랬습니다.

> 누가 입법을 했는지는 몰라도
> 인생에는 안타깝게도 자신의 의지와 상관없이
> 사용시간 총량제와 사용시간 자동납부제가 작동되고
> 있는 것 같다

사용한 만큼
자동으로 계좌에서 돈이 빠져나가는
통신요금이나 각종 공과금처럼
사용한 만큼 인생 계좌에서
시간이 빠져나가고 있는 것 같다는 것이다

시간이 빠져나간 만큼 고픈 계좌를 채우기 위해
나이를 먹는 것인지는 몰라도
나이를 습관적으로 먹다 보면
시간이 자동으로 줄줄줄 빠져나가는
도랑 같은 주름살이 생기기도 한다

처음부터 내가 벌어서 계좌를 채워 놓은 게 아니므로
빠져나가는 시간을 억울해할 일은 아닌 것 같다

나이가 들어 간다는 말은
인생 계좌의 잔고가 많이 남아 있지 않다는 다른 말이
다

허리가 휠 정도의 등짐도
잔고의 무게에 비례해 가벼워질 수 있으니
나이가 드는 게 서글픈 일만은 아닐지도 모른다

가끔 해킹을 당하는 일도 있다고 하니

해킹 당해 인생 왕창 털리는 일 없도록

인생 비밀번호는 절대로 비밀로 하고

인생 계좌의 잔고가 텅텅 비어 버리기 전에

해야 할 일이 있다면 지금 나서 보는 게

어떨까 싶다

—「나이」 전문

2

이슥도록 형이 좋아하는 저 큰물 기슭으로 내리비
치는 희디흰 빛을 봅니다. 형이 말한 둥근 달이겠군요.
밤저녁 북카페 창문 너머 장딴지를 불끈거리며 무등
산봉에 오른 달이 넙덕지를 대고 걸터앉아 쉬는 걸 보
고 있잖으니, 물 맑은 섬진강 상류 어디쯤 매화꽃 펑
펑 터진 우듬지에나, 강을 거슬러 오르는 은어 등지느
러미를 타고 놀던 것을 예까지 데려온 그 월색이라 여
겼습니다. "열 개쯤의 나이테를 두른 초록초록한 소년
이/차창의 경계 너머에서 보내오는 달빛 신호에 반응
하"며 아비 된 자의 형에게 간곡히 부탁했었다지요.
이렇게 말입니다.

"하늘을 걷고 있는 저 달이 우리를 계속 따라오는
데/길을 잃었나 봐요/저 달을 집으로 데리고 가 주세
요"(「저 달을 집으로 데리고 가 주세요」)

"그날따라 유난히 슬프도록 동그랗던 그 달도/길
잃은 달의 손을 서둘러 잡아 주었던 착한 섬진강도/
이십여 년이 지나도록" 아들을 기억하는 한 가지 방법
으로 남아 있으니 얼마나 다행인지 모릅니다. "그 어
떤 두려움도 이겨낼 수 있는/서로를 지켜 주는 튼튼한
백신이 되어 있는"(「광주송정역」), 딸아이를 기억하는
한 가지 방법에 대해서는 굳이 말하지 않겠습니다. 때
마침 형의 그녀가 붉은 대추차 한 잔을 수굿이 내옵니
다.

숨길 것이 많은 누구는
일곱 시간을 잠가 버렸다고 하지만
그녀의 일곱 시간은 개방 중이다

쭈글쭈글해진 엄니 같은 대추알을 압력솥에 감금한
채
열 고문으로 일생을 쥐어짜
피 같은 시간을 뽑아내고 있는

흡사 고문관 같기도 한 그녀는

압력솥에 감금된 대추가
말줄임표가 되어 나오기까지
몇 번이고 등허리를 주먹으로 꾹꾹 누르며
대추와 함께 통증을 앓기도 하는 사람이다

대추고를 내는 동안
창밖으로 흘러가는 강물과 눈을 마주치기도 하는 그
녀는
흘러간다는 것에 대한 근본적인 질문을 스스로 던지
며
요양병원 생활을 끝으로 저 멀리 마지막 이사를 하신
시어머니와
갈수록 임대아파트를 닮아 가는 홀로 계신 노모를
생각하며
흐르는 강물 위에 눈물로
그리움의 시를 쓰고 있는지도 모른다

그녀의 눈물 떨어지는 소리를 숨겨 주려고
제 몸이 문드러지는 것을 아는지 모르는지
압력솥 안에 있는 대추알들이

저리도 요란법석을 떨며
자발적으로 오래 끓고 있는 것인지도 모른다

자신의 일생을 모두 내어 주며 떠나가는 대추알들
앞에서
등허리를 주먹으로 꾹꾹 누르며
대추고를 내는 데 바치는 그녀의 일곱 시간
적어도 그 시간만큼은
그녀를 향한 사랑의 통증을 내가 앓아야 한다
　　　─「그녀의 일곱 시간-그녀를 사랑하는 방법 3」 부분

　　문뜩 '숨길 것이 많은 누구'의 '잠가 버린' '일곱 시간'이 떠오릅니다. 그때는 너 나 없이 거리에서, 광장에서 촛불을 켜 들고 잠가 버린 일곱 시간의 진실을 들으려고 애썼던 것을 생각하면 저는, 형의 그녀가 개방한 일곱 시간의 지긋한 일상의 그리움도 좋지만 그 행위가 아름다운 항거로 읽혀 다소곳해졌습니다. 시끌벅적하거나 거창할 필요 없다는 듯이 '말줄음표'처럼 묵묵히 대추고를 내는 저항으로 인하여 저는 왼 가슴 옷깃에 노란 리본과 붉은 동백 또는 주먹밥 배지를 달고 있는지도 모르겠습니다. 해서 형이 운영하는 북카페에 오기만 하면 붉은 대추차를 즐겨 마시는 내가 형의 그녀를 한 번쯤 생각해 보는 습속이 배기도 하였습니다. 여전히 형의 그녀가 "압력솥 안에서 치치치치 내지르는 절규"(「대추차 한 잔-그녀를 사랑하는 방법 4」)의 대추고처럼 일상을, 우주를 사랑으로 빚어내고 있음을 알고, 살짝 건네받았다는 「사랑 1그램-그녀를 사랑하는 방법 1」전문을 여기에 옮겨 봅니다.

그녀와 함께 사는 동안 그녀에게서
사랑 1그램을 건네받았습니다

일생 동안 근육을 키워 온 마음으로도
다 받아 들기에는 너무나 크고 무거운
사랑 1그램

내 모든 것을 내어 주어도
그 빚을 다 갚을 길이 없을 것 같은
그녀가 내게 준 사랑 1그램을 떼어 먹으며
오늘 하루도 잘 살고 있습니다

사랑 1그램보다 크고 무거운 우주가
나에게는 있지 않습니다

그녀는 내게서 몇 그램의 사랑을 받았을까요?
—「사랑 1그램-그녀를 사랑하는 방법 1」 전문

"다 받아 들기에는 너무나 크고 무거운/사랑 1그
램"으로 "늦은 밤 일을 마치고 집으로 돌아오는데/문
밖까지 마중 나온 만삭의 아내"가 "온종일 쓰고 있
던 모자를 벗겨" 줍니다. "회사 로고가 또렷이 박힌
땀내 나는 모자를 벗겨 주었"습니다. "나비처럼 가벼
운 모자를 한 개 벗었을 뿐인데/커다란 산을 한 개 내
려놓은 듯"하다 합니다. "달랑 모자 한 개 벗었을 뿐
인데……//아!/사람들은 얼마나 무거운 산을/이고 지
고 살아가는가?"(「모자의 무게-그녀를 사랑하는 방
법 2」) 질문하는 형의 시에서는 몸으로 느껴지지 않
는 '사랑 1그램'의 질량과 무게가 전해 오기도 하였습
니다. 참말로 이 '사랑 1그램보다' 더 크고 '무거운 우
주'가 없을 성싶습니다. 그것이 형의 전부인 것 같습니
다. 그러니 형은 "나를 넘어설 것인가/나에게 갇힐 것
인가"(「드들강 2-꽃이 보고 싶어 나선 길」) 같은 고민
을 하지 않아도 될 것 같습니다. 건방지게 덧붙이자면
"서로에게 흘러들면서 깊어지는 것 말고는/다른 길이
없"(「드들강 3-벼」)기 때문이 아닐까요. 그걸 강이 들
려주고 형은 받아 적고 응답하듯 강물 위에 썼으니,

유장하기가 그지없다 해야 맞겠지요. 당연히 내가 알아차리지 못한, 또 다른 유장함이 있었겠으나. 지금부터는 저 또한 '영혼이 흘리는 울림 깊은 눈물의 은유'를 삼천 대천세계 경經처럼 밤새 읽고 받아 적는 일만 남았다 여기니, 내 마음이 다 평평해지기 시작합니다.

한 세상의 징검다리를 외발로 딛고 선
저 백로도 그랬을까

시를 앓고서부터
하루도 시를 놓지 못하고
한시도 시에서 벗어나지 못한 채

도대체 시가 무엇이기에
어제도 오늘도 시를 품고 살다가

이리 가도 그 길
저리 가도 그 길

사유의 주름살을 겹겹이 늘리는 물결
소리에 마음이 일렁이다가

드들강이 불러 줘서 받아쓴

영혼이 흘리는 울림 깊은 눈물의 은유

       —「강물 위에 쓴 시 1-드들강이 불러 줘서

               받아쓴 시」 전문

3

"반달이 품고 있는 온달"과 같이 "나를 닮아 있을 그 얼굴이 자못 보고파지는/요즘"(「반달이 품은 온달」)인가 봅니다. 형이 말한 대로 형을 닮아 있을 그 얼굴이, 내가 보기에는 분명 형의 육친을 닮았음이 분명한데 말입니다. 형의 삶의 원형질이고 시의 원형질인 '송정리'를 들춰 보니까, 그렇습니다. 이를테면 "차선 구분이 없는 생활도로/갈림길에서/좌회전이나 우회전을 하는 경우/꺾이는 각도는 비슷한데/좌회전이 더 편안한 데는 이유가 있"었군요. "갈림길에서 방향이 헷갈린다면" 그저 "망설임 없이/좌회전을 선택"하면 되는 것이로군요. "가장 나중에까지" 우리에게서 "온기를 거두지 않을/따뜻한 심장이 있는 방향으로"(「좌회전」) 따라가다 보니 나의 왼 가슴 심장에 박동이 일었습니다.

떠나는 일도 기다리는 일도 멈추지 않는

송정역과 광주비행장의 사연들을 다 들어 주면서
떠나가는 배 한 척 송정공원에 시비로 띄워 놓고
낮은 목소리로 서로를 토닥여 주며
미우나 고우나 함께 살아온 송정리

비행장 정문 앞에 펼쳐진 논보다 그리 높지 않은
고내상 부락
낡은 슬레이트 지붕을 인 야트막한 흙집에서는
피리 속을 통과한 소리처럼 구슬픈
세레피아를 찾는 아버지의 목소리

정부의 지시에 따라 국민보도연맹에 가입을 했는데
가입했다는 이유로 경찰에 잡혀가
모진 고문을 당하시고도
끝끝내 죽지 않고 살아서 돌아오신 젊은 아버지
뼛속까지 눈물뿐인 깊은 상처를 안고
이 악물고 부활해 오신 우리 아버지

이유도 없이 사지로 내몰린 사람들이
소나기처럼 쏟아지던 시절에
그렇게라도 살아 돌아오셔서
훗날의 아들딸들이

세상의 짠맛이라도 보며 살게 된 것은
운명이라 할 수 있겠으나

영혼이 너무 맑아 시대적 통증이 심했던 아버지는
고문 후유증으로 따라붙은 햇빛 노이로제와
요시찰 감시망에 징글징글 시달리며
신경안정제인 세레피아 뒤에 숨어 지내야만 했다

교통의 요지로 불리우는 송정리에서
비행기도 열차도 자동차도 쉼 없이 길을 내고 있었지
만
아버지의 길은 끝끝내 열리지 않았다

비행장 정문 앞에 펼쳐진 논보다 그리 높지 않은
고내상 부락
낡은 슬레이트 지붕을 인 야트막한 흙집에서는
피리 속을 통과한 소리처럼 구슬픈
세레피아를 찾는 아버지의 목소리
                        —「송정리 1-세레피아」전문

다소 "낡은 슬레이트 지붕을 인 야트막한 흙집"같
이 거칠하고 투박하지만 "아버지의 가슴 깊이 흘러내

리는 눈물을/고스란히" 형의 "것으로 받아들이고 있었"고, 그것이 "여린 우리의 가슴을 뜨겁게 달구고 있었"(「송정리 2-아버지의 눈물」)으므로 절절히 읽습니다. '열네 살 까까머리 소년' 때의 형이어서 더 그랬습니다. 거기에는 "빈 들에 바람을 풀어 놓으시"며 "가시 돋친 비탈길 잘도 이겨내"(「송정리 4-어머니 이야기」)는 어머니의 이야기가 있었고, "반 평짜리 찬장점빵"(「송정리 5-걷는 사람 그리고 하모니카」) 여리고 기다란 마을 공동체의 웃음과 눈물이 함께 있었습니다. 또 "하늘에 서기 위하여/하늘에 서기 위하여/앉은다리 세상 떠난", "죽어서도 외진 골짝 응달에 갇혀/지금도 일어서는 연습을 하고 있는지/앉은 세월 홀홀 털고 일어나/새가 되어 날아다니는지/어느 세상에도 바로 서지 못하는 내 마음을 대신 서고 있는"(「송정리 7-형은 지금」) 친형의 장송이 있었습니다. 반 뼘도 안 되지만 "죽어서도 넉넉한"(「송정리 6-산길」) 품이 서려 있었습니다. 이렇게나 형의 진정이 곡진한데, 어찌 감읍하지 않고 배기겠습니까.

이로써 '강물 위에 쓴' 형의 시를 얼추 읽은 셈입니다. 내 짧은 시안으로 이렇게나 곡절 깊은 형의 내력 또는 강에 대한 연대기를 헤아려 보기에는 버거웠으나, 잔잔한 강물의 물낯에서 자맥질하던 물새가 강물 위에 써 놓은 형의 시를 물고 가서 입주댕이 노란 새끼한테 물려 준 걸 또는 거센 물 흐름에 둥글둥글 궁글어 가는 자갈돌에 얹혀선 이윽고 금모래 은모래로 반짝이는 것을, 아니면 붉덩물 따라 바다에 이르렀다가 푸르게 가라앉은 시를 놓쳤는지는 모르겠으나, 여하튼 내 마음이 밝아진 건 분명합니다. 그만큼 내가 앉아 있던 이 자리가 어두웠다는 것이겠지요. 안을 어둡게 하면 바깥이 환해진다는, 안을 환하게 하면 바깥이 어두워져 잘 보이지 않는다는. 이 때문에 내 안을 어둡게 했는지 모릅니다. 아니 내 안이 어둠으로 두터워졌는지도 모릅니다. 안을 두텁게 하는 일, 그것을 나는 형으로부터 얻어들었습니다. '강물 위에 쓴' 형의 시를 보고서야, 스스로 어두워져야 비로소 바깥을 잘 들여다볼 수 있음을 알았습니다. 담박하게 말입니다.

형 덕분입니다. 이제 그만 자리에서 일어나 가없이 푸르고 흰 하늘이 비친 강물을 가로질러 가 봅니다. 물소리가 깊어집니다. 소리가 깊어지니 형이 '강물 위에 쓴 시'도 잔잔해지는 듯합니다. 시를 안으로 삼켰기 때문일까요. 아니면 소리를 마음 안쪽 깊숙이 삼켰기 때문일까요. 강물이 소리 없이 흐릅니다. 또다시 마음이 평평해집니다. 바닥이 소리를 끌어들였다고는 굳이 말하지 않겠습니다. 다만, 내가 강의 징검다리를 건너기 직전에 목도한 일을 강물 위에다 띄워 볼까 합니다.

정황은 이렇습니다. 아까부터 꿈쩍 않고 부릅눈 뜬 채 부리를 작살같이 도사린 새 한 마리가 외발로 꼿꼿이 서 있더니만 재빨리 무언가를 낚아채는 겁니다. 순식간 입부리에서 퍼덕거린 물고기를 본 내가 엉겁결에 돌멩이 냅다 주워 던지는 바람에 물새도 그만 놀라 물고기를 떨어뜨리고 말았지요. 실버들 천만사千萬絲 늘어놓고도 가는 봄을 잡지도 못한다는, 김소월 작시 희자매 노래 흥얼거리며 한두 시간 강을 건너갔다 되돌아오는 길에 날빛 물빛 하도나 맑아 징검다리 노듯돌을 딛고 여기저기 거슬러 가는 물고길 지켜보는 데요. 놀랍게도 등줄기에 대사리만 한 붉은 반점의 물고기가 눈에 붙들리는 겁니다. 어엿하게 상류 쪽으로 머릴 향해 두고 열심히 헤엄치는 광경에 잔뜩 환희 어린 뿌듯함이 어찌나 출렁거리는지, 한참이나 등덜미가 찌르르 저려 오더라니까요.

이게 다 형이 좋아하는 강에서 빚어진 일인바, 다음의 시작詩作 한 번쯤은 등덜미가 찌르르 저려 오는 전율을 '강물 위'에다 써 보는 것도 괜찮을 듯싶어서 주제넘은 오지랖을 피워 보았습니다.

사랑 1그램

2022년 8월 30일 1판 1쇄 펴냄

지은이	홍관희
펴낸이	김성규
편집	김은경 김도현
디자인	신아영
펴낸곳	걷는사람
주소	서울 마포구 월드컵로16길 51 서교자이빌 304호
전화	02 323 2602
팩스	02 323 2603
등록	2016년 11월 18일 제25100-2016-000083호

ISBN 979-11-92333-22-9 04810
ISBN 979-11-89128-01-2 (세트)